DISCOURS

PRONONCÉS

DANS L'ACADÉMIE

FRANÇOISE,

Le Jeudi 22 Janvier M. DCC. LXVII.

A LA RÉCEPTION

DE M. THOMAS.

A PARIS,

Chez REGNARD, Imprimeur de
l'Académie Françoise.

M. DCC. LXVII.

M. THOMAS ayant été élu par Messieurs de l'Académie Françoise , à
la place de M. HARDION , y vint
prendre séance le Jeudi 22 Janvier
1767 , & prononça le Discours
qui suit.

MESSIEURS,

La plûpart de ceux que vos suffrages ont appellés parmi vous ,
vous ont apporté des titres pour

ainsi dire étrangers. En adoptant ces Hommes célebres, vous fixiez leur réputation, mais vous ne l'aviez point fait naître. Pour moi je m'honore de n'apporter ici que des titres que je vous dois. Je suis votre ouvrage, Messieurs. S'il m'étoit permis un jour d'aspirer à quelque gloire, c'est vous qui m'en avez ouvert la route. Mon œil reconnoît les lieux où vos suffrages ont encouragé ma jeunesse. Mon cœur, avec plus de transport, reconnoît parmi vous, ceux qui m'ont dirigés par leurs conseils & qui m'honorent de leur amitié. Vous récompensez donc en moi vos propres bienfaits, Messieurs; & je reſſemble à ces Soldats Romains, qui, pour obtenir un nouveau grade dans les armées, offroient aux Généraux, pour gage de leur valeur, les javelots & les couronnes que ces Généraux même leur avoient plus d'une fois données ſur les champs de bataille.

Le premier devoir qu'impoſent les bienfaits, c'eſt de s'en rendre digne. Mon zele ſera le garant de ma reconnoiſſance. Aſſocié à vos Aſſemblées, MESSIEURS, j'obſerverai de plus près votre génie. A votre exemple, je tâcherai de rendre mes travaux utiles ; car vous penſez que les talents ne ſont rien s'ils ne ſervent au bonheur de l'humanité. Permettez-moi de m'arrêter fur cet objet. Je vais confidérer un moment avec vous l'Homme de Lettres comme citoyen. Dans un fujet fi étendu, je ne choifirai que quelques idées ; je parle devant vous, Messieurs ; & le fouvenir de tout ce que vous avez fait, fuppléera à tout ce que je ne pourrai dire.

Au moment où l'homme eft éclairé par la raifon, quand fes lumieres commencent à fe joindre à fes forces, & que l'ouvrage de la Nature eft achevé, la Patrie s'en empare ; elle demande à chaque Citoyen, que feras-tu pour moi ? Le Guerrier dit, je te donnerai

mon fang ; le Magiftrat, je défen-
drai tes Loix ; le Miniftre de la
Religion, je veillerai fur tes Autels ;
un Peuple nombreux , du milieu
des atteliers & des campagnes , crie,
je me dévoue à tes befoins , je te
donne mes bras ; l'Homme de Lettres
dit , je confacre ma vie à la vérité , j'oferai te la dire. La vérité
eft un befoin de l'homme ; elle eft
fur-tout un befoin des Etats ; tout
abus naît d'une erreur. Tout crime,
ou particulier ou public , n'eft
qu'un faux calcul de l'efprit. Il y a
un degré de connoiflances où le
bien feroit inévitable. Pour hâter ce moment , il faut hâter les lumieres. Ceux qui gouvernent les

hommes, ne peuvent en même-
temps les éclairer. Occupés à agir,
un grand mouvement les entraîne,
& leur ame n'a pas le temps de s'arrêter sur elle-même. On a donc éta-
bli, on a protégé par-tout une
classe d'hommes dont l'état est de
jouir en paix de leur pensée, & le
devoir de la rendre active pour le
bien public, des hommes qui, sé-
parés de la foule, ramassent les lumieres des pays & des siecles, &
dont les idées doivent, sur tous les
grands objets, représenter pour ainsi dire à la Patrie les idées de l'espece humaine entiere. Voilà, MES-
SIEURS, la fonction de l'Homme
de Lettres Citoyen. L'utilité en fait

la grandeur. Elle demande un génie
profond, une ame élevée, un courage intrépide. Elle fuppofe un
fentiment plus tendre & la vertu
la plus digne de l'homme, le défir
du bonheur des hommes. J'aime à
me peindre ce Citoyen généreux
méditant dans fon cabinet folitaire.
La Patrie eft à fes côtés. La juftice
& l'humanité font devant lui. Les
fantômes des malheureux l'environnent ; la pitié l'agite, & des larmes
coulent de fes yeux. Alors il apper-
çoit de loin lè Puiffant & le Riche.
Dans fon obfcurité, il leur envie le
privilege qu'ils ont de pouvoir di-
minuer les maux de la terre. Et moi,
dit il, je n'ai rien pour les foulager;

je n'ai que ma pensée ; ah ! du moins rendons-la utile aux malheureux. Aussi-tôt ses idées se précipitent en foule ; & son ame se répand au dehors.

Il peint les infortunés qui gémissent. Il attaque les erreurs, source de tous les maux. Il entreprend de diriger les opinions. Il s'éleve contre les préjugés , non pas contre ces préjugés utiles qui ont fait quelquefois la grandeur des Peuples, & qui font un ressort pour la vertu, mais contre ces préjugés honteux qui , sans élever l'ame , rétrécissent la raison , & asservissent l'esprit humain pendant des siecles à des erreurs héréditaires. Il remue ces ames indolentes & froides, qui, gouvernées par l'habitude, n'ont jamais fait un pas qui n'ait été tracé, qui ne connoiſſent que des uſages & jamais des principes, pour qui c'eſt une raiſon de plus de faire le mal, lorſqu'il ſe fait depuis des ſiecles. Il combat cette prévention contre les nouveautés utiles, cette ſuperſtition politique qui s'attache invinciblement à tout ce qui n'a que le mérite d'être ancien, & proſcrit le bien même qui ne s'eſt pas encore fait. Citoyens, leur dit-il, tout ſe perfectionne par le temps : le temps ſouleve lentement le voile qui couvre les vérités. Il en laiſſe échapper une ou deux pour chaque ſiecle.

Voulez-vous repousser les présents qu'il fait à l'homme? Voulez-vous détruire le plan de la Nature? Les mœurs changent : les besoins d'un siecle ne sont pas ceux d'un autre. Osez-donc admettre tout ce qui sera utile. Que parlez-vous de nouveauté? Tout ce qui est bon est de tous les âges : tout ce qui est vrai est éternel.

Tels sont les sentiments & les vœux de l'homme de Lettres Citoyen. Tous ceux qui comme lui sont animés du même zele, travailleront sur le même plan. Chaque partie des travaux littéraires correspondra à une partie des travaux politiques. L'Homme d'Etat a besoin de l'expérience des fiecles : que parmi les gens de Lettres, il y en ait donc qui s'appliquent à l'Hiftoire, mais qu'ils vous imitent, MESSIEURS; qu'ils ne fe traînent pas fur des événements ftériles ; qu'ils offrent le tableau raifonné des Gouvernements & des Nations. Qu'ils fixent ces grandes époques qui font comme des hauteurs où l'on découvre une vafte étendue de faits enchaînés l'un à l'autre. Qu'ils nous expliquent comment une feule idée d'un homme de génie a quelquefois changé un fiecle. La légiflation occupe l'Homme d'Etat. Quel fera l'Homme de Lettres digne de le précéder ou de le fuivre ? S'il en eft un , qu'il se livre à l'étude des Loix, qu'il y porte cet esprit étendu & libre, qui ne voit rien par les préjugés, & cherche tout dans la Nature; qui s'éleve au dessus de tout ce qui est, pour voir tout ce qui doit être; qui dans chaque cause voit les effets, dans chaque partie l'ensemble, dans le bien même les abus. Qu'il cherche comment on peut rendre les Loix simples à la fois & profondes, leur donner du poids contre la mobilité du temps, leur imprimer sur-tout ce caractere d'unité qui fait tout partir d'un principe, dirige tout à un but, de toutes les Loix ne fait qu'une Loi. Tandis qu'il méditera sur la législa-tion, que d'autres creusent les fondements de la morale, de la politique, de la fcience du commerce, de celle des finances ; qu'ils cherchent dans les fillons, & les tréfors des Princes, & la grandeur des Peuples. Ainfi les idées fe multiplient, & de toutes les lumieres difperfées il fe forme une maffe générale de lumieres. Alors vient l'Homme d'Etat : il defcend de la hauteur où il eft placé, & promene fes regards fur ce vafte dépôt des connoiffances publiques. C'eft le génie qui éclaire, mais ce font les ames fortes qui gouvernent. Le Philofophe, par fa vie obfcure, doit mieux juger les chofes que les hommes. L'Homme d'Etat exercé par les événements, accoutumé à voir les projets ſe choquer contre les paſſions, à ſentir les réſiſtances, à trouver des grains de ſable qui arrêtent les mouvements d'une roue, occupé tantôt de réſultats qu'on ne peut bien voir que d'où il eſt, tantôt de détails que l'homme qui médite ne dévine point, l'Homme d'Etat ſeul choiſira dans la foule immenſe des idées tout ce qui peut s'appliquer aux beſoins du Gouvernement & de la Patrie.

La gloire de l'Homme qui écrit, MESSIEURS, eſt donc de préparer des matériaux utiles à l'Homme qui gouverne. Il fait plus; en rendant les Peuples éclairés, il rend l'autorité

plus

plus sûre. Tous les temps d'ignorance ont été des temps de férocité.
L'empire de celui qui commande,
n'est alors que l'empire de la force.
Alors il se fait un choc continuel
d'un seul contre tous. C'est alors
que le sang coule, que les Trônes
se renversent, que des pouvoirs ri-
vaux s'élévent. C'est alors le temps
des grandes impostures qui trom-
pent les Nations & les siecles, des
maximes qui arment les Peuples
contre les Rois, & les Rois contre
les Peuples. Alors on ne connoît ni
les fondements des Loix, ni les rap-
ports de la Nation avec le Souve-
rain, ni le bien, ni le mal, ni le
remede, ni l'abus. Le Peuple insen-

fé & barbare eft à chaque inftant prêt à égorger l'Homme d'Etat qui veut lui être utile, & qui ofe lui préfenter un bien qu'il ne conçoit pas. O vous qui calomniez les lumieres, voilà le tableau de l'ignorance. Mais chez un Peuple éclairé, la force du pouvoir n'eft pas dans le pouvoir même ; elle eft dans l'ame de celui à qui l'on commande. Plus on connôît la fource de l'autorité & plus on la refpecte. On adore dans la Loi, la volonté générale. On fe foumet à des conventions d'où doit naître le bonheur. L'Homme altier fait qu'en obéiffant il facrifie une portion de fa liberté pour conferver l'autre ; l'Homme avare, que l'impôt qu'il

paye eſt le garant de ſa propriété ;
l'Homme robuſte & méchant , qu'il
ne ſeroit plus que foible & malheureux , s'il ne mettoit ſes forces en
dépôt dans la maſſe publique. Les
lumieres apprennent qu'il n'y a dans
l'Etat qu'une Loi , qu'une force ,
qu'un pouvoir ; elles adouciſſent les
mœurs & ôtent aux ames cette activité inquiete & féroce , qui oſe tout
parce qu'elle ne prévoit rien.

Auſſi , MESSIEURS , les grands
Hommes d'Etat ont-ils toujours protégé la Philoſophie & les Lettres. Ils
ont regardé comme le bienfaiteur
de la Patrie , le Citoyen qui contri-
buoit à étendre ſes connoiſſances.
Mais je ne puis le diſſimuler ,

MESSIEURS, cet état si noble a ses dangers. La vérité ressemble à cet élément utile & terrible qu'il faut manier avec prudence, qui éclaire, mais qui embrase, & qui peut dévorer celui même qui ne s'en sert que pour le bien public. Le jeune Homme vertueux & simple, & dont le cœur honnête conserve encore toutes les illusions du premier âge, croit imprudemment qu'il est toujours permis d'être utile, & se livre sans défiance au doux sentiment qui l'entraîne. Souvent même la vérité lui inspire une ardeur généreuse. Alors l'enthousiasme s'empare de son ame ; ses idées s'élévent ; ses expressions s'animent ; il croit pouvoir

mener la vérité en triomphe, & bri-
fer les barrieres qui fe trouvent fur
fon paſſage. Vaine erreur d'un cœur
féduit ! Tout s'arme ; les paſſions
s'irritent, l'orgueil menace, l'intérêt
combat, l'envie s'éveille, la calom-
nie accourt ; alors la vérité s'enfuit,
& ne laiſſe dans le cœur flétri de celui qui l'annonçoit, que le fentiment
trifte & profond de fon imprudence
& du malheur des hommes. Pour
l'intérêt de la vérité même, il faut
l'annoncer fans fanatifme, comme
fans foibleſſe. Que fon langage
foit donc fimple & touchant comme
elle. Qu'elle ne cherche point à
étonner ; qu'elle ne parle point aux
hommes avec empire ; qu'elle n'in-

B 3

fulte pas même avec dédain aux erreurs qu'elle combat. Elle a déjà affez de tort d'être la vérité ; qu'à force de douceur elle mérite qu'on lui pardonne. Qu'elle fe défende fur-tout de cette impatience du bien , qui en eft la plus dange-reufe ennemie. Regardons la Na-ture. Rien ne s'y fait par fecouffes, ni par des fermentations précipi-tées. Tout fe prépare en filence. Tout fe mûrit par des progrès infenfibles & lents. Ainfi la vérité agit. Jettée au milieu d'un Peuple, elle y travaille d'abord en fecret. Elle mine fourdement les opinions. Elle fe gliffe à travers les préjugés. Elle s'infinue comme les eaux qui ſe filtrent ſans être apperçues , & dépoſent lentement à travers le limon , les germes de fécondité qu'elles portent. Un jour viendra que toutes ces eaux éparſes & ſouterreines pourront enfin ſe raſſembler , & rouleront avec bruit ſur la terre. Que dis-je ! un jour viendra peut-être où de tous les points de l'Univers les Hommes réuniront leurs travaux , & où toute la force de l'entendement humain développé ſera par - tout appliquée au grand art des Sociétés. Quel ſpectacle préſenteroit alors le globe de la terre ! L'Amérique, l'Afrique & l'Aſie éclairées comme l'Europe, toutes les Villes floriſsantes, toutes les Campagnes fécondes, les déserts peuplés, les Gouvernements sages, les Peuples libres, les Chefs heureux du bonheur de tous, le concert & l'harmonie admirable de tout le genre humain, & la terre digne enfin des regards de Dieu. O douce & sublime espérance! O la plus touchante des illusions! Quoi, cette idée si consolante ne seroit-elle donc qu'un vain songe! Quoi seroit-il donc vrai que par une loi éternelle l'ignorance dût toujours couvrir une partie de la terre, semblable à la mer qui fait lentement le tour du globe, & qui à mesure qu'elle se retire &

découvre à l'œil de nouveaux pays, inonde & engloutit fucceffivement les anciens ? Si tel eft le malheur de l'humanité , fi l'Ecrivain dans fes travaux ne peut fe propofer un but fi vafte , il en eft un du moins qu'il ne perdra jamais de vue, c'eft le bonheur de fa Nation , c'eft la gloire d'étendre les lumieres dans fon Pays , en perfectionnant les mœurs.

Différentes caufes, MESSIEURS, agiffent continuellement fur les mœurs des Peuples ; le Gouvernement qui donne une impulfion générale ; les Loix qui en fervant de frein , dirigent les habitudes ; l'exemple des Chefs , efpece de

légiſlation fondée ſur la foibleſſe
& l'intérêt ; le commerce qui mêle
les Nations & les vices ; le climat,
force toujours active & toujours
cachée ; enfin le plus puiſſant des
reſſorts, la Religion qui pénétre
où les Loix ne vont pas, juge la
penſée , éterniſe dans l'idée de
Dieu le bien comme le mal. Mais
chez une Nation où le goût des
Lettres eſt répandu, l'eſprit général
de ceux qui l'éclairent, peut &
doit auſſi influer ſur la partie
morale.

Il eſt ſur-tout, il eſt un pouvoir
qui diſtingue l'Homme de génie
& le grand Ecrivain, c'eſt celui
d'attacher ſon ame à ſes Ecrits,

de peindre fa penfée avec ces expreffions brûlantes qui font le langage de la perfuafion & le cri de la vérité : alors le fentiment qu'il a fe communique, il pénétre, il embrafe ; le cœur palpite, les traits changent, les larmes coulent, l'ame portée hors d'elle-même ne fent, ne vit, n'exifte plus que dans l'ame de l'Ecrivain qui l'anime & qui lui dicte avec empire tous fes mouvements. Quel ufage, MESSIEURS, fera-t-il d'un pouvoir fi noble & prefque divin? La vertu le réclame. Elle parle à fon cœur. Elle lui dit : ton génie m'appartient. C'eft pour moi que la Nature te fit ce préfent immortel. Etends mon empire fur la terre. Que l'homme coupable ne puiſſe te lire ſans être tourmenté; que tes Ouvrages le fatiguent; qu'ils aillent dans ſon cœur remuer le remords; mais que l'homme vertueux, en te liſant, éprouve un charme ſecret qui le conſole. Que Caton prêt à mourir, que Socrate buvant la cigue te liſent, & pardonnent à l'injuſtice des hommes.

Docile à cette voix, MESSIEURS, ſon cœur enflammé tracera tous les devoirs que la nature & la morale nous impoſent. Heureux qui pour les peindre, n'a qu'à deſcendre dans ſon cœur! Heureux l'Ecrivain qui dans la douceur de la vie do-

meſtique peut épurer ſon ame,
dont la maiſon eſt le ſanctuaire
de la Nature, qui tous les jours
peut aimer ce qu'il honore, qui
tous les jours peut ſerrer dans ſes
bras une mere qui répond à ſes
careſſes, & dont la vieilleſſe ado-
rée n'offre aux yeux du fils qui la
contemple, que l'image des vertus
& le ſouvenir attendriſſant des
bienfaits ! C'eſt parmi des devoirs
ſi tendres que ſon ame ſe forme
aux devoirs ſublimes de Citoyen.
C'eſt-là qu'il apprend à écrire pour
ſon Pays. Malheur aux Ecrivains
mercénaires qui trahiroient la cauſe
de la Patrie & de l'humanité !
Malheur ſur-tout à ceux qui avili-

roient les ames ! Ils feroient les lâches complices de la corruption de leur fiecle. L'amour des Loix, la fainteté de la Juftice, le zele éclairé dans les Magiftrats, les dévouements généreux dans la Nobleffe, voilà les objets dignes d'être préfentés à la Nation. Ainfi Démofthene troublant le fommeil de fes Concitoyens, les rappelloit fans ceffe à leur ancienne grandeur. Il eft vrai que le poifon fut fa récompenfe ; mais il n'eût point mérité la gloire d'avoir retardé la chute de fa Patrie, fi en mourant il n'eût remercié les Dieux.

Parmi nous, MESSIEURS, & par la conftitution de l'Etat,

l'Homme de Lettres n'eſt point appellé à diſcuter de grands intérêts en préſence des Peuples. Il ne parle point aux Citoyens aſſemblés. Il ne peut confier ſon ame qu'à des Ecrits, interprétes muets de ſes ſentiments. Il faut donc qu'un but moral anime tous ſes Ouvrages. Il faut que ceux même qui paroiſſent n'avoir d'autre objet que l'agrément, parlent encore à la raiſon, & que le plaiſir même paye un tribut à l'utilité publique. C'eſt par-là, MESSIEURS, que le théâtre bien dirigé pourroit avoir la plus grande influence ſur le caractere moral des Nations. C'eſt-là que le ſentiment ſe com-

munique par des fecouffes prom-
ptes & rapides, & que les im-
preffions profondes qu'on reçoit fe
fortifient encore par le nombre de
ceux qui les partagent, fembla-
bles aux flots de la mer, qui pré-
cipités par l'orage, pefent les uns
fur les autres.

L'Hiftoire, par des moyens diffé-
rents, produira encore les mêmes
effets. L'Hiftoire eft un appel que la
vertu fait à la poftérité. L'Hiftorien
prononce les jugements de l'univers,
non plus de l'univers foible & cor-
rompu, de l'univers efclave, mais
de l'univers libre & jufte pour qui
tout difparoît hors la vérité. Qu'a-
près avoir flétri les vices, fon cœur

vienne

vienne se reposer sur la touchante image des vertus. Ainsi Tacite peignoit Burrhus à côté de Néron : ainsi fatigué de malheurs & de crimes, las de peindre ou des tyrans ou des esclaves, il réservoit pour le charme & la consolation de sa vieillesse l'heureux tableau des vertus de Trajan. Ainsi parmi vous, MESSIEURS, ceux qui transmettront à la postérité les événements de ce Régne, aimeront à s'arrêter sur l'ame de votre auguste Protecteur. Dans un Roi ils peindront un homme; ils peindront la sensibilité dans la grandeur, l'humanité dans la toute puissance, l'amitié même sur le Trône. Ils peindront cette bonté

C

qui repousse la crainte, & ne laisse approcher que l'amour, ces détails de bienfaisance pour tous ceux qui l'entourent, besoins toujours nouveaux d'un cœur toujours sensible. Ils feront voir cette humanité appliquée aux Peuples dans ces crises violentes où les Etats se heurtent & se choquent ; le Chef d'une Nation guerriere, ami de la paix ; un Roi ennemi de cette fausse gloire qui séduit tous les Rois ; dans les guerres nécessaires, le calcul du sang des hommes mis à côté des espérances & des projets ; dans un jour de triomphe, les larmes d'un vainqueur sur le champ de bataille ; dans la paix l'agriculture encouragée, le Labou-

reur levant fa tête affoiblie, ofant
enfin regarder la richeffe ; & l'or en-
glouti trop long-temps par les arti-
fans du luxe, refluant par le commerce des grains vers la cabane & les
fillons du Pauvre.

Ces détails de la bonté des Rois
intérefferont toujours l'Homme de
Lettres Citoyen, qui aura le bonheur
de les peindre. Quel état, MESSIEURS,
que celui où par devoir on doit être
toujours l'interpréte de la morale &
de la vertu ! Mais pour être digne
de la peindre, il faut la fentir. Le
véritable Homme de Lettres eft
donc vertueux. Son ame eft pure,
fa probité auftere. Tout ce qui agite
les autres hommes, n'a point d'em-

C 2

pire fur lui. Il ne court point après
les récompenfes ; la fienne eft dans
fon cœur. Si les richeffes s'offrent à
lui, il s'honore par leur ufage ; fi
elles s'éloignent, il s'honore par fa
pauvreté. Souvent même il dédaigne
la fortune qui le cherche. Un Roi*
appelle Socrate à fa Cour ; & Socrate
refte pauvre dans Athènes. Dans le
monde, fimple & fans fafte, il par-
lera aux hommes fans les flatter
comme fans les craindre. Il ne fépa-
rera point le refpect qu'il doit aux
titres, du refpect que tout homme
fe doit. Il fait que la dignité des
rangs eft à un petit nombre de Citoyens, mais que la dignité de l'ame

---

* Archelaüs, Roi de Macédoine.

eſt à tout le monde , que la premiere dégrade l'homme qui n'a qu'elle , que la ſeconde éleve l'homme à qui tout le reſte manque. Si la fortune lui donne un bienfaiteur , il remerciera le Ciel d'avoir un devoir de plus à remplir. A ſes ennemis il oppoſera le courage & la douceur , à l'envie le développement de ſes talents , à la ſatyre le ſilence , aux calomniateurs ſa vertu. La vertu dans un cœur noble ſe nourrit par la liberté. Il ſera donc libre ; & ſa liberté ſera de n'obéir qu'à l'honneur , de ne craindre que les Loix.

Ces ſentiments ſont les vôtres , MESSIEURS ; c'étoient ceux de l'Académicien eſtimable à qui j'ai l'honneur de fuccéder. A la Cour où l'Homme de Lettres eſt quelquefois ſi déplacé, il fut toujours ce qu'il dût être. Renfermé dans ſes travaux, il vécut ſans intrigue. Il ſe tint à une égale diſtance & de la fierté qui peut nuire, & de la baſſeſſe qui avilit. Il crut comme vous que les connoiſſances ne devoient ſervir qu'à orner la probité, que la gloire des mœurs eſt encore préférable à celle des talents, que le génie peut-être **a** droit d'étonner les hommes, mais que la vertu ſeule a droit à leurs hommages. Nourris de la lecture des Anciens, il y avoit puiſé ce goût moral auſſi néceſſaire à l'Ecrivain qu'à l'homme, & cette ſimplicité antique fi louée de nos peres, dont nous parlons encore, mais que nous ne fentons plus, & que notre luxe peut-être n'a pas moins éloignée de nos écrits que de nos mœurs. Ce fut cette fageffe de caractere qui lui mérita l'honneur d'inftruire des perfonnes Royales, en achevant de cultiver leur efprit par le goût & leur raifon par l'Hiftoire. Par cet honorable emploi, Messieurs, l'Homme de Lettres s'acquitta envers la Patrie des devoirs de Citoyen ; car fi les lumieres font utiles aux Etats, c'eft fervir la Patrie que de répandre le goût des connoiffances autour des Trônes. Peut-être même l'exemple des augustes Princesses auxquelles il eut le bonheur de rendre ses travaux utiles, a contribué parmi nous à dissiper en partie ce préjugé barbare qui défendoit à la plus belle moitié du genre humain de s'éclairer. Peut-être c'est à elles que nous devons en partie l'usage qui commence à s'établir de rapprocher par l'éducation, des ames qui se ressemblent par leur nature ; usage que le préjugé combat encore, mais que la raison autorise & qui multipliera parmi nous le nombre de ces femmes instruites sans vanité comme sans faste, qui font aimer la raison qu'elles embellissent, & joignent le doux

empire des lumieres à l'empire non
moins touchant de la beauté &
des mœurs. C'est dans ces vues si
sages, Messieurs, c'est en même
temps pour obéir à des Princesses
dignes de s'instruire, que mon
Prédécesseur a composé le plus
grand nombre de ses ouvrages.
C'est pour elles qu'il a tracé ce
tableau de la Mythologie ancienne ; objet intéressant pour le Philosophe même, parce que sous le
voile des allégories & des fictions,
il y retrouve le berceau du monde,
l'invention des arts, l'origine des
opinions, l'esquisse, pour ainsi
dire, des premiers traits gravés
dans les ames humaines, & dont

plufieurs ne font point encore ef-
facés par les fiecles. C'eft dans les
mêmes vues qu'il entreprit de tra-
cer un tableau plus étendu & plus
vafte, celui d'une hiftoire univer-
felle qui devoit embraffer toute la
fuite du genre humain, depuis la
naiffance du monde jufqu'à nous;
tableau immenfe où tout ce qui a
exifté dans tous les points de l'ef-
pace, fe preffe fous un feul de
nos regards, où nous tenons à la
fois dans nos mains les deux extré-
mités de la chaîne du temps, où
un feul homme voit d'un clin
d'œil les Etats s'élever, fe choquer
& tomber, où l'on ne marche
qu'au bruit de la chute des Empires.

M. Hardion, MESSIEURS, dans tous ces ouvrages utiles, se défendit avec sévérité tout ornement. Il vouloit que les mots ne fussent que l'expression & jamais la parure de la pensée. Son style eut la modestie de sa personne. Il sut se défendre, & de cette espece de force qui trop souvent touche à l'excès, & de cette rapidité qui en pressant trop les objets les confond, & de cette finesse qui supprime trop d'idées intermédiaires pour en faire deviner d'autres, & de cette profondeur pénible qui affecte d'enfermer dans une pensée le germe de vingt pensées. Il s'élevoit surtout contre ce luxe de l'esprit qui n'aime à jouir de ſes richeſſes, qu'en les prodiguant. Dans ce ſiecle, il eut le courage de la ſimplicité. Il fut ſage, voilà ſon caractere; il voulut être utile, voilà ſa gloire.

C'eſt cette idée d'utilité, MESSIEURS, que ne perdront jamais de vue tous ceux qui auront l'honneur d'être admis parmi vous. C'eſt elle qui préſida à votre établiſſement. Votre inſtitution fut preſque une inſtitution politique. Richelieu, après avoir reſſerré l'Eſpagne, abaiſſé l'Autriche, ébranlé l'Angleterre, raffermi la France, vit qu'il ne manquoit plus à la grandeur de ſa Nation que les lumieres;

il vous fonda, Messieurs. Peut-être cette ame altiere & grande, & qui avoit le besoin de commander aux Hommes, sentant que le fardeau de l'Etat échappoit à ses mains affoiblies, fut-elle flattée en secret de l'idée de diriger encore les esprits, quand il ne seroit plus. Après lui c'est le Chef de la Magistrature qui vous adopte, & qui place les Lettres à côté des Loix, tout près du Sanctuaire de la Justice. Enfin je vous vois adoptés par le Chef suprême de l'Etat, par ce Roi dont toutes les vues furent élevées, qui à de grands événemens mêla toujours un grand caractere, qui par ses succès fit la gloire de son pays, qui par ses revers fit la sienne, plus grand sans doute lorsqu'en mourant il avouoit ses fautes, que lorsque ses flatteurs & son siecle l'enivroient d'éloges qu'il eût tous mérités peut-être, s'il n'avoit eu le malheur de les entendre. Ces noms fameux nous rappellent nos devoirs. Un grand Homme d'Etat pour Fondateur, nous avertit que les Lettres doivent être utiles à l'Etat ; le souvenir du Chancelier Seguier, que l'harmonie doit régner entre les Lettres & les Loix ; le nom des Rois pour protecteurs, que distingués comme Citoyens, nous devons l'exemple du zele à la Patrie.

Si je jette les yeux fur vos faftes, MESSIEURS, je retrouve dans tous les temps parmi vous, cet efprit de vos Fondateurs. Je vois que tous vos grands Hommes ont été utiles. A leur tête je vois ce Corneille qui ouvrit au génie une école de politique, & à l'ame une école de grandeur ; Boffuet qui inftruifoit les Rois & qui en étoit digne ; Fénelon qui le premier à la Cour ofa parler des Peuples. Plus près de vous, MESSIEURS, je vois cet Homme célebre, qui fut votre Confrere & votre ami, le Légiflateur des Nations, & dont le livre bien médité peut-être pourroit retarder la chute des Etats. Au milieu de vous & dans cette Affemblée,

je retrouve le même usage des mêmes talents ; l'Histoire qui parle encore aux Peuples & aux Rois ; la
Philosophie tranquille & sage qui fait
le dénombrement des vérités & qui
en crée de nouvelles ; les orages des
grandes passions mis sur le théatre à
côté de nos ridicules ; nos mœurs
peintes ; nos devoirs ou discutés avec
profondeur ou déguisés sous des fictions riantes ; les arts embellis par le
charme des vers ; les principes du
goût analysés ; le tableau immense
de la nature tracé ; l'art de commu-
niquer la pensée par la parole per-
fectionné ; l'éloquence aux pieds des
Autels & dans les Tribunaux ; les
Lettres consacrées à la politique, à
la

la guerre, aux intérêts d'Etat, à l'é-
ducation des Princes; & fur votre
lifte, MESSIEURS, un Homme qui
du fond de fa retraite fera toujours
par fon grand nom préfent parmi
vous, qui le premier a mis fur notre
théâtre la morale fenfible, comme
Corneille y avoit mis la morale rai-
fonnée, qui n'a employé l'art des
Homeres que pour combattre la ty-
rannie & la révolte, & dont prefque
tous les ouvrages ne font que le cri
d'une ame fenfible & forte qui réclame partout pour le bonheur des
hommes, la fureté des Rois & la
tranquillité des Etats.

Attirés par votre gloire, MES-
SIEURS, les titres viennent fe placer

parmi vous à côté des Lettres. Je vois les premiers Hommes de l'Etat & de l'Eglise satisfaits ici de l'honneur d'être vos égaux. Je vois dans ce moment à votre tête l'héritier d'un grand nom, & dont l'éloge est dans le cœur de tous ceux qui m'environnent.

Pour moi, MESSIEURS, dernier Citoyen de cette illustre République, je n'apporte ici aucun de ces grands talents qui vous honorent. Je n'ai à me vanter à vos yeux d'aucun ouvrage qui ait influé sur mon pays & sur mon siecle. Je ne songerai même jamais à vous disputer cette gloire ; elle est trop au-dessus de ma foiblesse. Mais il en est une que

j'oſerai partager avec vous ; c'eſt celle de la vertu & des mœurs ; c'eſt
de ne rien faire, c'eſt de ne rien
écrire dans le cours de ma vie, qui
ne puiſſe m'honorer à vos yeux & à
ceux de mes compatriotes. Voilà
mon premier ſerment, MESSIEURS,
en entrant dans cette illuſtre Com-
pagnie. Si j'y manque un inſtant,
puiſſe ce Diſcours que je viens de
prononcer devant vous , & qui eſt
l'interpréte le plus fidele des ſentiments de mon ame, s'élever contre
moi & m'accuſer au yeux de mon
ſiecle & de la poſtérité.

Réponse de M. le Prince LOUIS DE ROHAN, Coadjuteur de Strasbourg, au Discours de M. THOMAS.

MONSIEUR,

M. le Comte de CLERMONT devoit, en sa qualité de Directeur, présider à l'Assemblée d'aujourd'hui, mais le dérangement de sa santé l'empêche de s'y rendre. Je me trouve donc chargé de tenir sa place, & sur-tout d'être l'interpréte de ses regrets & de ses sentiments inaltérables pour l'Académie. Ceux dont je suis moi-même pénétré pour elle, me rendent cette fonction chere, & ce sentiment me facilite le moyen de m'en acquitter.

Le Public qui vient de vous en- tendre, MONSIEUR, applaudit, & comme votre juge, & comme le nôtre, aux suffrages qui vous ont appellés parmi nous. Vous venez vous - même d'exposer vos titres avec autant d'énergie que de vérité. Quand on remplit avec distinction les devoirs de son état, on en parle toujours dignement. Une ame sen- sible se pénétre des objets vers les- quels son goût l'entraîne, & les fait aimer par la chaleur avec laquelle elle fait les présenter. Apelle intéres- soit en parlant de son Art, & Ci- ceron, en faisant le portrait de l'Orateur, pouvoit-il n'être pas éloquent?

En peignant l'Homme de Lettres Citoyen, vous n'avez eu, MONSIEUR, qu'à exprimer les sentiments gravés dans votre cœur. Vous vous êtes sur-tout attaché à faire envisager les Lettres sous leur rapport avec le bien public. Il est beau sans doute d'étendre les lumieres de son siecle, & d'en perfectionner les mœurs ; mais ce rôle intéressant & sublime n'est confié qu'à ces hommes rares pour qui l'Etre Suprême a réservé les dons du génie. Les Lettres ont un mérite moins éclatant, mais plus universel, celui de faire le bonheur de ceux qui les cultivent.

Le goût des Lettres, dit l'Orateur Romain, est propre à tous les temps & à tous les âges. La jeunesse y trouve l'aliment de son activité, la vieillesse l'oubli des biens qu'elle a perdus, & le soulagement des maux qui l'assiegent. Le favori d'Auguste s'arrachoit souvent au tumulte des affaires & aux troubles de la Cour pour venir respirer auprès de Virgile & d'Horace. L'Homme d'Etat envioit dans ces moments le sort de l'Homme de Lettres, & le Courtisan avoit quelquefois besoin d'être consolé par le Philosophe.

Le Sage ne connoît ni le vuide, ni le cruel ennui de foi-même; il

fait le prix du temps, & l'emploie
à cultiver en paix, les Lettres &
sa raison. Il ne s'expose ni à l'orgueil du crédit qui veut protéger,
ni à l'orgueil du crédit qui s'irrite
de ce qu'on le dédaigne. La vérité
fait son étude & sa force. Il s'est
formé avec la chaîne de ses pensées
un caractere de grandeur & d'im-
mobilité que rien n'ébranle & que
rien n'altere. Toujours calme au
sein même des orages qui le mena-
cent, il plaint les perturbateurs
sans les craindre ni les braver : &
tandis que tout s'agite ou se bou-
leverse autour de lui, son ame
tranquille se livre aux douceurs de
l'étude & jouit des consolations de
la vertu.

Vous avez des droits, MONSIEUR, & à la gloire que donnent les Lettres, & au bonheur qu'elles affurent. L'Académie, en vous accordant fes fuffrages a voulu récompenfer des talents utiles, & couronner des vertus connues. Des Prix remportés avec éclat, des applaudiffements mérités, l'heureux talent de la Poëfie réuni à celui de l'Eloquence, l'eftime publique, celle des gens de Lettres, tout follicitoit pour vous la place honorable que vous occupez aujourd'hui. Une louable émulation excitée par l'Académie, a fait connoître vos talents, dans ces monuments durables que vous avez élevés à la

mémoire de tant de grands Hommes. Vous avez fait plus : par l'enthousiasme avec lequel vous en avez
parlé, vous avez fait connoître votre cœur. Une ame médiocre ne
conçoit pas aisément les vertus su-
blimes ; & si elle veut les peindre,
elle les affoiblit.

Enfin, MONSIEUR, je dirois
volontiers que nous avons cru entendre la voix de ces grands Hommes que vous avez loués, s'élever
en votre faveur, & nous dire : „ Il
„ nous a peint comme s'il eût vécu
„ auprès de nous & avec nous. Il a
„ parlé de nos travaux comme s'il
„ les eût partagés lui-même. Il nous
„ a jugés comme nous demandons

„ que la postérité nous juge. Notre „ gloire est devenue la sienne, puis- „ qu'il a su la célébrer.

Il vous falloit tous ces titres, MONSIEUR, pour nous consoler de la perte que nous venons de faire. L'Académicien estimable que nous regrettons, cultiva les Lettres avec succès ; il en recueillit la gloire, & fut heureux par elles. Il les fit aimer à la Cour, & y inspira le goût de l'étude à d'illustres Princesses qui savent unir à l'éclat du rang & des vertus le mérite de la culture de l'esprit. M. HARDION porta dans sa conduite la simplicité noble qui fait le caractere de ses Ecrits. Cette simplicité si louable est peut-être la seule ressource des grands Ecrivains depuis que les rafinements de l'Art semblent épuisés. Rien de plus rare, mais aussi rien de plus beau que l'accord du naturel & du sublime, de la noblesse & de l'aménité.

Vous nous montrerez, MONSIEUR, cet heureux accord. Une imagination hardie & féconde a caractérisé les premiers essais de votre plume énergique & brillante. Ces premiers Ouvrages annonçoient en vous le germe de ce talent si précieux que la nature donne, il est vrai, mais qui se perfectionne par la réflexion & par l'étude ; je parle de ce goût sage & épuré qui em-

pêche le génie de s'égarer dans son
effor, & qui le contient dans les
bornes du naturel & du vrai. L'Académie a vu avec satisfaction ce goût
s'accroître en vous par degrés. Et ,
dans ce Poëme si défiré où mar-
chant sur les traces de Virgile &
d'Homere , vous avez de grandes
passions à mettre aux prises avec de
grands obstacles, les refforts d'une
politique fublime à développer & à
faire mouvoir , les mœurs d'une
Nation nouvelle à peindre , toutes les finesses de l'art à cacher fous
les traits du génie créateur ; le
Public attend que tout y fera fub-
ordonné aux regles du goût, &
que la févere critique y applaudira

comme au chef-d'œuvre de vos talents perfectionnés. Ainfi lorf-qu'une plante vigoureufe a jetté avec furabondance fes premieres productions, la feve fe calme, & l'arbre confervant toujours la même vigueur, ne fe couvre de fleurs que pour donner autant de fruits.